KB111138

금강 화엄의 빛

원인 스님 선시집

금강 화엄의 빛

금강경 32장 게송시 화엄경 40품 게송시

운주사

금강 화엄의 빛

텅 빈 허공에 천둥소리 들리고
옥빛 하늘에 흰 구름 떠 있는데
골짝에 물은 졸졸졸 흐르고
아침마다 산새는 즐거이 지져귄다.

반짝이는 별과 둥근달은 마음의 벗이고
푸른 산 맑은 바람 나의 삶이네.

이 진공묘유의 도리여!
금강 속에 일심무상 이치가 있고
화엄 속에 만법백화 장엄이 있다.

한 생각도 움직이지 않지만
만 가지 법은 이를 좇아 나오니
금강 속에 화엄이고 화엄 속에 금강이다.

오직 무념이라는 한 길만 가는 수행자
만행의 꽃으로 장엄한 보살도의 실현자
본래 있고 없고 오고 감을 초월했으니
무애청정 이사법계가 한자리에 모였구나.

여기 이사무애 속에 사사무애의 길이여!
이것이 금강화엄의 이치 아니겠는가.

2019년 7월 12일 소백산 대승산방에서

1장 금강경 32장 송

2장 화엄경 40품 송

1장
금강경 32장 송

금강경 서시

가을하늘 맑고 높은데
온산의 단풍잎은 붉게 물들고

이 가운데 찬란한 큰 빛이여!
금강을 보기 위해 여기까지 왔구나.

삼천년을 내려오는 부처님 법 무궁한데
산승이 오늘 금강경을 설하니

산천초목은 황금빛으로 나타나고
금강은 날개를 활짝 폈도다.

금강의 뜻은 어디 있는가.
삼계고초 벗어나고 만류중생 제도하네.

이와 같고 이와 같음이여!

이러하고 이러하니
산천초목이 모두 함께 춤을 추고
만류중생이 한 모양으로 작용하네.

이러하고 이러하니
체와 용이 함께 어울려
이사에 자재하고 원융무애 하도다.

이러하고 이러하니
부처와 중생이 다르지 않고
언제나 금강언덕에 노닐고 있네.

주고받는 신묘한 기술

한 걸음 내딛으니
대천세계 건너가고

한번 허공을 바라보니
시간과 공간을 넘어서도다.

수보리의 맑은 경계여!
천강에 비친 달과 같고

법왕의 거룩한 법이여!
중천에 해처럼 빛나도다.

주고받는 신묘한 기술이여!
능히 죽이고 능히 살리도다.

그대 이 뜻 알고자 하는가
옷 거두고 발 씻는 곳에 있다네.

대승의 종지

아침 햇살이 온 산을 비추니
흰 구름은 두둥실 떠가네.

비추나 비추는 바 없음이여!
움직이나 움직이는 것 아니네.

비춤과 움직임이 다르지 않으니
있는 그대로 천진묘용일 뿐이네.

이 마음 항복 받는 길이여!
절대적으로 보고 절대적으로 행하라.

중생을 제도하지만
한 중생도 제도한 바 없나니

금강반야바라밀이여!
이로써 천하는 온전하게 존재하네.

第4 妙行無住分 頌

머무르지 않는 마음

밤하늘 반짝이는 별빛 속에
백 천 가지 묘한 작용이여!

궁극의 진리는 머무름 없나니
모양 없는 속에 일체 상을 나툰다.

어디에도 머무르지 않을 때
일체법을 넘어서고

중도가 곧 금강반야바라밀이니
이와 같이 머문 바 없이 머무른다.

참모습 그대로 보라

고요히 산정에 올라
만산을 굽어본다.

산은 높고 골은 깊은데
저 멀리 흰 구름 떠돈다.

여기 산과 물이 어기지 않으니
이것이 중도실상 아니겠는가.

산은 곧 산이요
물은 곧 물일 뿐이니

참 모습은 다른 곳에 있지 않고
있는 그대로 보는 곳에 있다네.

바른 믿음의 고귀함이여!

구름 없는 푸른 하늘에
밝은 해가 중천에 떠있는데

미혹한 마음에 눈이 어두워
세상에 광명은 없다고 하네.

아, 인, 사상四相 두지 않으면
곧 바로 부처 본다는 말

여기에 홀연히 믿음을 낸다면
다겁생 선근 없이 될 수 없는 일

얻을 바 없기에 영원하다

끝없는 허공에 한 점 흰 구름
홀연히 나왔다 사라지지만

모든 상을 떠나버린 그 자리는
얻을 바 없기에 영원하도다.

허공은 본래 소유함이 없지만
대천세계를 키우고

오고 가고 있고 없는 거기
본래 일정한 법이 있지 않다네.

第8 依法出生分 頌

진정한 보물을 찾아서

황금이 우박처럼 떨어지고
재물이 태산처럼 쌓였다 해도

하염 있는 복을 가지고
영원한 진리를 얻을 수 없나니

그대 만일
금강반야 진리에 의지한다면

길가에 떨어진 낙엽 하나로
이 세상 보물을 살 수 있도다.

세상을 벗어난 이 금강 보물을
우리 모두 하나씩 받아 가지세.

세상을 벗어난 모양

둥근달은 중천에 떠 있는데
물속에 달을 찾아 물을 헤친다.

진정한 모양은 모양 없으니
이름과 모양 떠난 후에야
비로소 무위無爲에 들어가리라.

수다원과 아라한이여!
일상一相과 무상無相에 머물지 않으면
중도실상에 크게 쉬리라.

육문六門에 의지하나 벗어남이여!
펴고 거둠은 항상 있는 일이로다.

가장 아름다운 세상

세상에서 가장 아름다운 곳
모든 고뇌 없는 완전무결한 세상
어디에서 그런 곳 찾을 것인가.

모양을 보아도 막히지 않고
소리를 들어도 걸리지 않는다면

홀연히 과거 현재 미래가 공하고
아인 사상은 허깨비처럼 사라지네.

정토를 장엄하고 법왕궁에 들려 하면
일체 상에 머문 바 없이 마음을 쓰라
세상에서 가장 아름다운 정토가 있다.

세상에서 제일가는 복

항하강가에 수많은 모래알
모래알마다 작용이 있으니
존재 자체로서 수승하도다.

크고 작고 높고 낮음 속에
가고 오고 머무름 있으나
있는 그대로 없는 것이로다.

한 생각 속에 삼천을 넘어서면
홀연히 무위無爲에 들어서고
세상에서 제일가는 복이 된다.

부처님 법의 수승함

이 세상 바다 속을 모두 알고
끝없는 허공을 헤아린다 해도
그것은 하염 있는 세상 일

바른 가르침에 행복 있나니
들으면 세상을 초월하고
사무치면 삼계를 건너간다.

사자가 굴 밖에서 부르짖으니
온갖 짐승 엎드리듯
바른 가르침 속에 온갖 외도 조복한다.

금강의 실천자

세상은 한 권의 금강경
금강경 속에 만물이 존재하네.

금강 속에 금강행자여!
어떻게 그 뜻을 실현하고 있는가.

이름 가운데 부처의 뜻 없으니
뜻 속에서 이름을 찾지 마라.

금강이라는 거기에 금강 없나니
이름과 모양에 속지 않으면

하늘과 땅은 한 권의 경전이 되고
반짝이는 별과 만물은 경문이 되네.

第14 離相寂滅分 頌

무심한 사람

산천에 봄이 오니 물색이 고운데
꽃피고 새 울어도 고요한 이 마음

무심에는 무심도 없나니
무심이라는 이름마저 존재하지 않구나.

수보리가 경을 듣고 실상을 깨달으니
이때부터 홀연히 무심에 계합했네.

옛적에 번뇌장煩惱障을 떠났는데
이제는 소지장所知障도 떠났네.

실상이라 말하지만 상相이 아니고
오직 그 이름 실상이라 부르네.

진정한 가치

큰마음 일으킨 거룩한 성자여!
금강의 공덕은 무량하구나.

굶주린 사람에게 음식이 최상이듯
고뇌하는 중생에겐 무엇이 보배인가

제행에 무상無相하고 제법에 무아無我가 되면
만 가지 중생고뇌 흔적 없이 사라지리.

금강을 받아 지닌 참다운 마음이여!
허공에 비유되는 끝없는 공덕이네.

오늘 설한 금강법문 이 한편으로
진정한 보물을 모두 다 쓸어 담네.

第16 能淨業障分 頌
마음을 맑히고

잔잔한 호수 위에 광풍이 불어오니
백 천 가지 업장이 동시에 나타났네.

만법은 무상無常이나 인과因果는 분명한데
선악의 업보는 부질없이 기멸起滅하네.

사악한 마음 조복받기 어려움이여!
부디 이 경을 의심하지 말지어다.

의심하면 단견斷見에 떨어지고
정진하면 금강을 얻으리라

죄상罪相에 벗어나고 죄성罪性이 공空했다면
한걸음도 걷지 않고 정토에 들어가리.

第17 究竟無我分 頌
나 없는 경지

외로이 높은 봉에 앉았으니
저 멀리 흰 구름 두둥실 떠가네.

비고 빈 여기에 거듭 비었으니
없다는 그것마저 용납하지 않는구나.

고요한 이 자리 모양 없음이여!
좋고 나쁨은 어디에서 나오는가.

무아의 경지 높은 경계여!
일천 성인이 모두 여기에서 나오네.

第18 一體同觀分 頌
만물은 한 뿌리

허공 속에 만물이 나오니
하늘과 땅은 둘이 아니다.

내가 있으므로 네가 있고
네가 있으므로 내가 있으니
너와 나는 둘이 아니다.

여기 삼세三世가 공空했으니
시간과 공간은 둘이 아니다.

일체법이 공했기에 만법은 평등하고
절대성 속에 만물은 존재하네.

第19 法界通化分 頌
진정한 복덕

있음은 없음 때문에 일어나고
없음은 있음 때문에 생긴다.

있고 없음이 봄날의 꿈만 같으니
실제성 없음을 어찌 알건가.

꿈속에 아무리 큰 집을 지어도
깨고 나면 흔적조차 볼 수 없듯

얻고 잃고 좋고 나쁨이여!
한 바탕 꿈과 다름없네.

진정한 복덕에 아상 없으니
이름하여 진정한 복덕이라 한다네.

참다운 모양

삼십 두 가지 거룩한 모양
팔십 가지 좋은 모습

여기 모든 상을 갖추었지만
진정한 부처님 볼 수가 없네.

한 점 구름 없는 푸른 하늘에
밝은 해가 만상을 비추는데

비추데 상相이 없으니
가는 곳마다 부처를 만나네.

말 가운데 말 없음이여! 1

청산은 묵묵히 앉아 설법하는데
녹수는 머무름 없이 화답을 하네.

움직임과 머무름에 틈이 없으니
설법하고 화답함이 걸림 없도다.

누가 주고 누가 받는가?
봄이 오면 청산은 저절로 푸른데

있고 없고, 가고 옴이여!
이것은 설법인가 화답인가?

진정한 설법 2

만법은 본래부터 적멸상이니
고요한 거기에서 만상이 나타난다.

진정한 설법에 나 없으니
삼라만상 그대로 본래모습 이로다.

텅 빈 이 허공 속에서
누가 주고 누가 받는가.

종일 설하나 설한 것이 없으니
일찍이 한 마디도 들은 것이 없구나.

설함 없이 설하고 들음 없이 들으니
보고 듣는 이대로 무진설법이로다.

第22 無法可得分 頌
있는 그대로 완전함

온 산에 나뭇잎은 푸르고
숲 속에 산새는 지저귀는데.

녹음방초 무성한 곳에
밝은 달이 만상을 비추고 있네.

있는 그대로 없는 것이니
얻을 바 없음이 분명하도다.

그대 여기에서 머뭇거리지 마라
높고 높은 산정에 흰 구름 한가롭다.

第23 淨心行善分 頌
모든 법은 평등하다

하늘 높이 산은 솟아 있는데
넘실대는 푸른 바다 깊고 깊도다.

높고 깊음은 같지 않지만
있는 그 자리엔 다르지 않도다.

나 없는 거룩한 선행이여!
이것은 본래부터 평등한 법이라네.

아뇩다라삼먁삼보리여!
네기 이상노 이하도 있지 않다네.

헤아릴 수 없는 복과 지혜

하늘을 덮는 복을 갖추었고
사해 바다 담는 덕이 있다 해도

하염 있는 복으로 영원할 수 없나니
반딧불과 태양에 비교 되리라.

그대 만일 한 생각 무념에 들면
하늘과 땅은 그것을 덮지 못하고

겁화劫火가 일어나 온 천하를 태운다 해도
한 터럭만큼도 손상하지 못한다.

일념도 일어나지 않는 그 자리에
헤아릴 수 없는 복과 지혜 있구나.

진정한 교화

푸른 숲이 무성한 여름
가지마다 흰 눈이 쌓여 있는 겨울

푸른 숲과 흰 눈이 모양은 다르지만
오고 가는 그 자리는 다르지 않네.

'나'라고 말하나 '나' 없으니
있음과 없음을 함께 떠났네.

한 중생도 제도한 바 없음이여!
이것이 부처님의 진정한 교화라네.

법신에 상이 없다

밤하늘 둥근 달이 대지를 비추니
삼라만상 그대로 본체가 드러났네.

32상과 80종호여!
이보다 아름다움 어디 있으랴.

진정한 가르침에 상相이 없으니
모양으로 법신을 볼 수 없다네.

그대 만일 무아에 들면
있는 그대로 청정법신이라네.

第27 無斷無滅分 頌

단멸이 없는 경계

천년의 암실에 등불을 켜니
어둠은 순식간에 사라졌구나.

여기 단멸이 있다고 하지마라
어둠이란 본래 무지일 뿐이라네.

위없는 깨달음에 단멸상이 없으니
얻고 잃음은 본래부터 없었네.

깨달음의 동산에 홀로 오르니
인, 아신 없는 곳에 뜨는 달이 빛나네.

第28 不受不貪分 頌

탐착이 없는 경계

하늘에는 흰 구름 떠가고
골짝엔 물소리 들려온다.

여기 아무것도 주고받음 없나니
이것이 진정한 공덕 아니겠는가.

탐상貪相을 떠나면 일체가 공덕이니
아무것도 특별히 구할 것이 없구나.

영원한 공덕에 탐애가 없나니
나 없는 거기에 구족된 뜻이여!

거룩한 모습

아침 햇살이 산문을 비추니
도량은 기운으로 넘쳐나고

맑은 바람 고요히 불어오니
만물은 활기를 얻어 가누나

여기 오고 감이 없으니
주고받음 어디 있으랴

모든 상을 대하나 상이 없으니
이것이 모든 부처의 위이리네.

第30 一合理相分 頌

둘 아닌 모양

천지가 나와 한 뿌리가 되니
만물은 나와 한 몸이 되는구나.

일체 상을 떠난 진리여!
모든 법이 나오는 곳이네.

만 가지 법이 차별스러워도
본래 그 자리는 변함이 없고

진정한 이치는 말로 할 수 없으니
오직 그 이름 일합상一合相이라 부르네.

第31 知見不生分 頌
산문의 고요

깊은 밤 고요히 앉았으니
저 멀리 둥근 달이 떠오르네.

지저귀든 산새는 어디로 갔나
맑은 바람 가득히 전각을 스치네.

하나의 상에도 머무르지 않을 때
법상에도 떨어지지 않나니

견見문聞각覺지知 어디에도 견해 없으면
산천초목 그대로 참 모습을 보여주네.

진정한 부처

구름이 벗겨지니 산정이 보이고
흐린 물 맑아지니 빛나는 달그림자

모든 법은 꿈과 같고 환과 같기에
참 모습만 오롯이 드러났도다.

아견 인견 중생견 수자견이여!
이 가운데 참 부처 볼 수 없나니

한 생각 홀연히 무심에 계합하면
천지가 무너지고 실상實相만 드러나네.

금강의 이치

그대 금강의 이치 알고자 하는가
무념無念 무상無相 무주無住에 있네.

천하의 이치가 이 속에 있으니
천하를 구제하는 도가 여기 있구나.

궁극의 이치에는 모양 없나니
모양 없는 가운데 일체 상을 나툰다.

평범한 속에 지극한 아름다움이여!
여기 금강의 이치가 있다네.

처음도 좋고 중간도 좋으며
끝까지 좋게 하는 법이여!

이것이
금강반야바라밀이라네.

2장
화엄경 40품 송

華嚴經 序詩
화엄의 세계

대방광불화엄경이여!

끝없는 태허공太盧空 가운데
무수한 깨달음의 빛들이
찬란하게 피어나는 모습이네.

이보다 뛰어난 장엄 어디 있으며
이보다 거룩한 빛 어디 있으리.

하나 가운데 일체요.
일체 가운데 하나이니
부사의한 화엄의 경계가
중중무진하게 펼쳐지네.

사물 속에 이치가 있고
이치 속에 사물이 있으니

일념이 곧 무량겁이라
있는 그대로 화엄이치 아님 없도다.

이와 같이 빛나는 화엄의 세계여!
시방세계에 두루 빛나는구나.

大方廣佛華嚴經 題目頌
대방광불화엄경

진리의 바다에
한량없는 꽃으로 장엄된 경이여!

여기 일체만법을 포함했으니
온 천하가 화엄도리 아님 없다.

크다고 한다면
끝이 없으니 태허공보다 크고

작다고 한다면
극소하여 눈으로 볼 수 없다.

대방광불이여!
이것은 일심진공을 표방했고

화엄경이여!
천백억 묘유를 나타냈도다.

한마음 가운데 큰마음이여!
이것이 대방광불화엄경이네.

주, 객이 하나 되는 자리

태초에 하늘이 열리고 땅이 벌어지니
고요한 그 자리에 작용이 일어났네.

청법자가 십조구만오천사십팔 명이니
중중무진한 이 사 법계가 한자리 되었네.

설하는 자가 들으니 들음이 따로 없고
듣는 자가 설하니 설함이 따로 없다.

법회가 열리고 우담바라 피어나니
온 천하는 화엄으로 축복되고

중생과 부처가 화엄동산에 올라
다 함께 무생가를 부르네.

부처님의 모양

밤하늘에 반짝이는 수많은 별과
산천초목 삼라만상 무수한 존재들이

한자리에 모여 앉아 대법을 연설하니
유정무정 중생들이 고개를 끄덕이고

부처님이 그대로 모양을 나타내니
어두웠던 세상이 홀연히 밝아졌다.

누가 주고 누가 받는가.
오고 감이 없는 속에 일체법이 나오네.

위대한 화엄의 진리여!
이제 비로소 문이 열렸도다.

보현의 뜻

봄 여름 가을 겨울이여!
미묘한 작용이 끝이 없구나.

작용 그대로 근본이 되니
근본과 작용이 걸림 없도다.

부사의한 보현삼매 속에
일체만법 나타나니

공덕이 무량하여 만상을 거두고
모든 법은 보현삼매 속으로 들어간다.

누가 있어 이 삼매를 수용하는가.
일체제불비로자나여래장신이라네.

태초의 세상

무넘이라는 땅에
마음은 종자를 품고

인연 따라 싹이 나오니
온갖 세상 나타났도다.

여기 시작과 마침을 나눌 수 없으니
과거와 미래는 있을 수 없고

있고 없음도 아니기에
주고받음도 존재하지 않는다,

세계가 이루어졌지만
여래의 경계가 부사의하니

오직 보현이라는 보살이 있어
이 뜻을 널리 설하고 있다.

다함없는 세계

중중무진한 화장세계여!
있는 그대로 참다운 모습이다.

향수해 가운데 수미산이 솟았고
한량없는 세계에 무궁한 부처로다.

부사의한 경계 속에
일체법이 나타나고

끝없는 허공 속에
충만한 광명이여!

중생이 다함없기에
부처의 세계가 끝이 없고

가지가지 미혹을 소멸하기 위해
화장세계 대광명에 의지할 뿐이네.

우리의 근본

시작도 마침도 없는
태고적 아득한 그 자리에

미묘한 문이 열리고
쏟아진 눈부신 광명

여기 세계가 있었으니
그것은 수승한 소리(勝音)였다.

향기로운 바다에 큰 연화가 나오고
보배로운 땅엔 숲이 무성한데

백천만억 무량 무수한 장소에
가지가지 중생이 머물고 있다.

이 가운데 다함없는 공덕을 가지고
한 부처님이 나오시니

하늘과 땅엔 서기가 충만하고
사방에 대중은 운집하여

온갖 삼매와 다라니를 얻고
다 함께 무생공덕을 이루네.

第7 如來名號品 頌
진정한 이름

산야山野에 봄이 오니
만물은 제각기 모양을 드러냈다.

모양 있고 모양 없고
움직임과 고요함이여!

다 함께 나타났다 사라지니
신통한 묘용은 측량할 수 없구나.

너는 나에 의해 출몰나고
나는 너에 의해 몰출하니

이름이 많아도 다르지 않고
모양이 많아도 차별이 없다.

수많은 모습에 같은 뜻이여!
여래의 명호가 부사의하니

이것이 부처의 참 모습이요
만법의 진정한 이름이라네.

네 가지 신성한 진리

태어나고 늙고 병들고 죽음이여!
이것은 모든 존재계의 모습이다.

여기에 벗어나는 길이 있으니
그것은 네 가지 신성한 진리이다.

생멸사제는 중생을 위한 가르침이고
무생사제는 보살을 위한 가르침이다.

법에 돈점은 없으나 근기는 다르기에
팔만사천 사제가 생겨났다.

무명으로부터 해탈이여!
사제로부터 시작하여 사제로 마치네.

빛으로 이뤄진 세상

무량무변한 허공 가운데
무수한 빛으로 충만한 세상

백억 광명 속에 백억 부처들이여!
여기 수미산과 향수해가 있는데

백억 부처가 법륜을 굴리니
백억 중생이 모두 열반에 들어간다.

하나의 빛이 무량하니
무량한 빛이 다시 하나 되고

불가사의한 세월 속에
부처님의 광명은 끝이 없으니

두 가지 견해는 사라지고
무등륜無等輪의 법은 충만하였다.

밝은 광명 속에서

광명으로 충만한 보광명전에서
거룩한 법회가 열리니
불법의 신심은 깊어가고
지혜광명은 더욱 빛나는구나.

한 문수가 질문하니
열 문수가 답을 하고
열 가지 주제에 열 가지 답이여!
화엄의 근본은 확립되었다.

바른 신심을 위해 깊은 의심 파하고
이 가운데 바른 실천 있나니
신해와 실행은 새의 두 날개와 같아
보살은 이 길로 생사를 벗어난다.

여래의 깊고 깊은 경계여!
그것은 허공과 같나니
모든 법은 거기로 들어가지만
진실로 들어간 바는 없도다.

가을하늘 같은 마음

바람 없는 푸른 하늘에
한 점 흰 구름 두둥실 떠간다.

여기 주고받음 없으니
있는 그대로 청정하구나.

누가 만일 여기에서
이름과 모양에 걸리지 않고

얻고 잃음에 마음 두지 않으며
원친과 선악에 평등하다면

눈을 떠서 산을 보거나
발을 움직여 길을 가는 것

이 모두가 문수의 마음이요
거룩한 보현의 행이다.

한 마음 청정함이여!
이것이 팔만사천 공덕이네.

보리심의 공덕

끝없는 허공은 어디에서 나왔는가.
허공의 성품은 무엇인가.

내가 나를 바르게 깨우치지 못하면
허공의 성품을 이해하지 못한다.

"믿음은 도의 근원, 공덕의 어머니"라면
그것은 청정하여 있는 그대로 참모습이다.

믿음 속에 청정이 있고
청정 속에 깨달음이 있다면

무변허공과 깨달음은 둘이 아니고
둘 아닌 신심 속에 깨달음 있다.

보리심 일으킨 무량한 공덕이여!
이것이 진정한 신심 아니겠는가.

수미산정의 제석궁

끝없는 태허공 가운데
묘하게 생긴 산이 있으니
이름이 수미산이다.

산정에 제석천이 있는데
과거 일곱 부처님이 다녀가셨고
석가모니부처님도 방문하셨다.

도리천 천주인 제석천왕과
서른셋 부속 천왕이 영접하면서
부처님의 공덕을 찬탄하였다.

일찍이 보리수를 떠나지 않고
제석궁에 왕림함이여!
시방세계가 일념을 벗어나지 않는구나.

하늘 보석으로 장엄된 궁전에
광명으로 이뤄진 법좌에 앉으니
화엄의 대법이 하늘세계에 충만하였다.

초 우주적 설법시대

높은 법좌에 부처님이 앉으시니
무량 무수한 보살과 대중이 예배하고
부처님 발가락 끝에서
광명이 흘러나와 온 천하를 비추니
하늘궁전에 꽃비가 내리고
향기로운 바람이 불어온다.

수많은 보살이 차례로 나와
부처님 공덕과 지혜를 연설하니
일찍이 없었던 화엄법회에서
위없는 보리심과
자재한 신통을 얻고
불가사의한 깨달음을 이루었다.

이에 수승한 지혜를 가진 보살이
부처님의 가피로 화엄의 요점을 설했다.

"시방삼세에 존재하는 일체법이
자성 없음을 요달해야 하나니
이와 같이 법성을 체득한다면
곧 원만보신 부처를 보게 되리라."

第15 十住品 頌

보살이 머무는 곳

육근 육식 육진이여!
중생은 여기를 벗어나지 못한다.

진眞 속에서 망妄을 추구하는 것
이것은 모든 중생들의 삶이다.

세간에 있으나 출세간을 살아가는 자
이를 보살이라 부른다.

선에 머물지 않지만 선을 행하고
악에 물들지 않지만 피하지 않는다.

이와 사에 걸림 없으니
언제나 진제眞諦에 계합하고

초발심에서 관정에 이르기까지
위대한 보살십주가 있나니

모든 보살과 성인이 머무르고
삼세 수행자 나아가는 곳이라네.

거룩한 청정행

청랭한 바람이 불어오는 고요한 오후
들려오는 풍경소리에 문득 밖을 보니
햇살은 대지를 두루 비추는데
만상은 있는 그대로 여여 하구나.

이 태고적 고요 속에 하염없는 경계여!
이것이 진정한 청정 아니겠는가.
한 생각 일어나기 전 이루었기에
천차만별 그대로 절대 평등하도다.

초발심이 곧 정각이 되니
무위적정 그 속에 일체행을 이루고
보살의 청정은 여기에서 나오니
거룩한 보살도 자비행은 실현된다.

第17 初發心功德品 頌

첫 마음의 순수성

한 생각 일어나기 전 본래적 태초에
무엇이 있어 이 마음을 얻었는가.

'나'라고 하나 '나'란 어디에도 없으니
마음이라고 하나 마음도 얻을 수 없다.

오직 초발심이라는 원력이 있어
모든 부처와 중생을 하나로 만든다.

첫 발심이라는 지극한 순수성이여!
바른 깨달음(覺)은 여기에서 나오고

위대한 발심 진정한 보살이여!
시방삼세에 가장 거룩하구나.

第18 明法品 頌

보살이 가는 길

지극히 고요하고 맑은 아침에
한 줄기 청랭한 바람이 불어오니

고요한 마음과 움직이는 마음이
다 함께 어울려 작용이 일어났다.

이 미묘하고 적정한 체용 속에
이치와 현상이 원융무애하구나.

보살의 거룩한 행이여!
여기 열 가지 바라밀이 있나니

이것으로 세상을 구제하고
널리 부처님의 법을 전한다.

부처님의 세계

중생심이 사라진 무상 적멸처에
서기가 뻗치고 법회가 열리니
거룩한 성자들이 왕림하였다.

보리수를 떠나지 않고
야마천궁에 들어가시니
일심묘법 화엄이치 보여주었다.

시방세계 그대로 일색 청정한 가운데
온갖 보배로 장엄된 미묘한 궁전에
모두 부처님과 보살이 오셨으니
이곳이 가장 길상한 도량이다.

부처님께서 사자자리에 좌정하시니
시방세계가 모두 절대평등에 들어갔다.

모든 존재들의 고향

무시무종하고 무생무멸하는
모든 존재들의 근본은 어디인가.

응당히 법계성을 관해 본다면
모든 존재는 마음에서 나온 줄 안다.

나는 누구고 너는 누구며
세상은 무엇이고 만물은 무엇인가.

절대적 세계에 상대는 없으니
존재하는 그대로 진실하구나.

내 고향이 그대 고향이고
모든 만물 또한 그러하나니

있는 그대로 없음이 되고
없음 그대로 있음이 되어

중중무진한 화엄부처의 세계가
곧 모든 존재들의 고향이 되네.

저 언덕으로 가는 길

동녘하늘 밝아오는 고요한 아침에
깊고 묘한 숲 속으로 들어가니
산새는 지저귀고 맑은 기운 전해온다.

만물은 존재 그대로 선향이 되어
그윽한 향기는 사방으로 퍼져가고
주고받음 없는 속에 가득한 축복이여!

자기도 이롭고 남도 이로운 속에
날마다 좋은 날 행복 아님 없고
이 가운데 진정한 보살도가 있구나.

저 언덕으로 가는 바라밀이여!
여기 열 가지 거룩한 행동 있으니
이 길에서 우주와 인생을 넘어선다.

다함없는 마음창고

밤하늘에 반짝이는 수많은 별
시방세계에 충만한 모든 존재들
이 모두가 근원적 작용이기에
모든 법은 있는 그대로 여여하고
인연 따라 나왔다가 들어가지만
들고 나는 그대로 고요하구나.

누가 주고 누가 받는가.
주고받음 없는 속에 일체법이 일어나고
나고죽음 없는 속에 부질없이 기멸한다.
열 가지 다함없는 창고여!
일체 성인이 다 함께 의지하는
중중무진한 마음의 곳간이로다.

걸림 없는 세계

존재하는 그대로 일체가 장엄되니
시방세계 그대로 불국토 아님 없구나.

백만억으로 장엄된 보배궁전에
부처님이 오르시니 광명으로 빛나고

여래의 공덕과 지혜는 끝이 없지만
이 모두가 중생을 위한 마음이로다.

모든 하늘은 청정한 업으로 받들고
보살대중은 법으로 공양장엄 했도다.

도솔천에서 펼쳐진 법의 향연이여!
부사의한 축복은 무궁무진하여라

도솔의 정신

하늘에는 흰 구름 흘러가고
푸른 숲 속에는 매미소리 들린다.

만 가지 모양과 만 가지 법은
있는 그대로 도솔정신이로다.

있음 그대로 없는 것이니
텅 빈 그대로 충만한데

시방의 성자들이 제각기 자리에 앉아
도솔의 정신을 노래 부르니

산천초목 그대로 화엄경계가 되고
일심을 드러내니 만법과 통했다.

이사무애 속에 거룩한 사사무애여!
부처세계와 중생세계가 원융무애하구나.

근원으로 향하는 길 1

모든 존재는 자연에서 나왔다가
인연 따라 자연으로 돌아간다.

변화하고 전변하는 그 가운데
인생도 자연도 다 함께 흘러간다.

자연스런 현상에 맡겨 흐르는 것
만법의 본질적인 회향이다.

여기 흐르지만 흐르지 않음도 있으니
이것이 불변不變과 수연隨緣의 뜻이다.

이 두 가지가 하나로 움직이는 곳에
회향이라는 진정한 의미가 있다.

화엄의 열 가지 거룩한 회향이여!
모든 성인이 걸어가는 길이며
우주만법이 움직이는 원리이다.

진정한 삶의 회향 2

본래청정 그 자리에 한 물건이 있으니
과거 현재 미래에 변한 것 없구나.

진정한 보살행에 상대가 끊어졌으니
행주좌와 어묵동정 그대로 진실하다네.

무너지지 않는 진실한 회향이여!
모든 부처님의 회향과 동등하도다.

한 생각도 일으키지 아니하지만
널리 육도만행을 닦아가는 것

이것이 모든 부처님의 회향이며
모든 보살의 진정한 삶의 회향이다.

보살의 온전한 회향 3

가을하늘 고요하고 청명한 속에
미묘하고 화려한 작용 있으니
대자연은 무심 속에 일체를 완성한다.

모든 물은 바다로 흘러가다가
마침내 큰 허공으로 들어가듯이
보살의 선근도 세 곳으로 들어간다.

중생, 보리, 법계회향이여!
이것은 대자연과 근본이 같아
모든 법은 마침내 허공과 하나 되네.

보살의 회향 속에 만물의 길이 있어
일찍이 원효와 서산도 그 길을 걸어갔고
모든 성인들의 진정한 회향처가 되는구나.

열 단계 보살의 길 1

보살이 가는 길에 열 단계 있으니
모든 성인들은 이 길로 나아간다.

청정한 신심과 보리심 공덕이여!
환희로운 가운데 보살의 마음이여!

미묘한 법으로 모든 업장 씻어내니
위없는 축복 속에 광명이 드러난다.

지혜의 불은 어둔 세상 밝혀주고
고요하고 청정한 경지에 들어가니
반야의 지혜로 중생을 이롭게 하는구나.

흔들림 없는 경지에서 무진설법으로
감로 같은 단비를 시방세계에 뿌리네.

열 단계 보살의 길 2

끝없는 환희요 법희 선열이구나.(歡喜地)

잡석을 제거하고 진금을 이루니(離垢地)

번뇌는 사라지고 광명은 나타나네.(發光地)

지혜의 불은 번뇌의 숲을 태우고(焰慧地)

'나'라는 깊은 늪에 벗어나는구나.(難勝地)

삼계란 오직 마음이라 연기緣起일 뿐이니(現前地)

방편과 지혜로써 보살 마음 확립하고(遠行地)

생겨남이 없기에 흔들리지 않는 원력으로(不動地)

열 가지 힘과 네 가지 걸림 없는 지혜를 갖추니(善慧地)

대천세계에 법비 뿌려 모든 중생 구제하네.(法雲地)

第27 十定品 頌

무애자재한 묘용

밝고 밝은 백가지 풀끝에
밝고 밝은 조사의 뜻이여!

잿 머리 흙 얼굴로 천하를 주유하고
삼라만상 일체법을 낱낱이 긍정하네.

하나도 없는 속에 일체를 나투니
무애자재 신통묘용 끝이 없구나.

일찍이 서천의 달을 보다가
어느새 동천의 해를 삼켰네.

이 부사의한 화엄의 경계여!
일천 성인들이 노니는 곳이로다.

고요한 마음과 움직이는 마음

고요한 자리에서 한 생각 일어나니
백천 가지 묘용이 함께 같이 일어났다.

이름 없고 모양 없는 그 속에
백천 삼매와 신통묘유가 있으니

위로는 더 이상 나아갈 길이 없고
아래로는 그 어떤 모양도 볼 수가 없다.

이 불가사의한 선정 지혜 신통이여!
이것을 보현의 무애삼매라고 한다.

만상을 긍정하고

사시사철 무한한 작용들이여!

고요함과 움직임이 동시에 일어나니
이치와 묘용이 서로 걸림 없도다.

일어남과 고요함이 차별 없기에
현상은 진공과 다름없구나.

옳고 그르고 주고받음 그 속에
만법은 평등하여 차별 둘 수 없고

열 가지 도장으로 만법을 긍정하니
일심이라는 도장으로 해인삼매 드러낸다.

第30 阿僧祇品 頌

무한 절대의 경계

마음 달이 홀로 밝았으니
빛은 만 가지 형상을 삼켰도다.

이 끝없는 허공 속 진정한 모습이여!
여래의 공덕은 중중무진하구나.

비유할 수 없고 말할 수 없는 세계에
마음의 길마저 끊어졌지만

오직 무심으로 통하는 길이 있으니
증득한 자만이 묵연히 계합하도다.

누가 여래를 보는가

부처님 공덕이 무량무변하니
시방세계 중생들이 모두 다 귀의하네.

한 부처 속에 여러 부처들이여!
그 부처의 수명 또한 끝이 없도다.

시방과 삼세에 수많은 불국토여!
존재하는 그대로 여여한 부처들이다.

여기 모든 법은 무아로 존재하니
좋고 나쁜 일체법에 평등하도다.

부처는 부처와 나누지 않고(佛佛不相離)
부처와 부처는 서로 보는 바 없다(佛佛不相見).

보살은 어디에 머무는가

한 법도 보지 않을 때 도道라고 하나
보살이 가는 곳에 도道 아님이 없다.

처처가 도량이요 일마다 불사이니
시방법계가 한 집안 일이로다.

법왕보살이 여러 보살들에게
시방세계에 보살의 주처를 밝혔으니

모든 성인들은 여기에 머무르고
삼세 모든 부처님도 여기에서 설법한다.

만법의 본질

흰 구름 바람에 실려 흘러가는데
그 가운데 변함없는 텅 빈 허공이여!

온갖 작용 미묘하게 움직이지만
그 자체는 본래부터 하염없나니

유위 그대로 무위가 되어
하는 일 모두가 걸림 없도다.

부처님 법 부사의함이여!
이 법은 본래부터 청정하고 미묘하여

유위와 무위를 나눌 수 없으니
있고 없고 가고 오고 주고 받는 가운데

이치와 현상은 걸림 없기에
이것을 이사무애 사사무애라 한다.

완연한 봄소식

봄이 오니 만물은 새롭고
전각을 스치는 한 줄기 바람 따라

매화는 이미 졌고 도화는 한창인데
아직도 깨어나지 못한 어둠이 있다.

한번 안으로 마음을 돌이켜보라
천지에 봄기운은 완연하거늘
어찌하여 세상을 무명이라 하는가.

불일佛日은 빛나고 공덕바다 끝없지만
눈먼 자 밖으로 허상만을 구하고
눈앞에 펼쳐진 화장세계 보지 못하네.

온전한 대자연

부처님이 한 번 꽃을 들어 보이니
온 천하는 백억 꽃으로 장엄되었고

가섭이 여기에 미소로 답을 하니
삼천대천세계에 새봄이 돌아왔구나.

천이백 아라한은 아름다운 장엄되니
이로써 온전한 대자연을 완성했다네.

위없이 거룩한 정법안장이여!
보는 중생들의 나아갈 길이 되고

무수한 보살들이 원행을 이루니
만류생명들이 고향으로 돌아가누나.

보현의 보살행

텅 빈 하늘에 무수한 작용 있지만
나타났으나 일찍이 온 곳이 없고
소멸했지만 어디에도 간 곳은 없다.

본래 의지할 곳 없으니 지음이 없고
오고 가고 머무름이 한 가지 모양이나
여기에는 본래부터 모양이 없다.

한 생각도 나지 않지만 이미 구족했고
일체를 널리 비추되 어둔 곳 없나니
이것을 보현의 보살행이라 한다.

보현의 지극하고 거룩한 모양이여!
모든 보살들이 나아가는 기준이 되고
일체 성인들의 회향처가 되는구나.

하늘과 땅은 한 모양 한 이치

하늘과 땅이 모두 한 집안 일이니
동서남북 온 법계가 한 모양이구나.

하나의 이치로써 만 가지를 보이니
주고받는 모습이 신묘하도다.

이 가운데 나타난 한 줄기 빛이여!
도솔을 떠나지 않고 나왔으며
보리와 열반을 동시에 보였다.

위로는 더 이상 나아갈 길이 없고
아래에는 어디에도 머물 곳 없다.

자 말해 보라. 이 무슨 이치인가?
한 송이 허공 꽃이 땅 위에 떨어지니
천 백억 부처가 동시에 나타났다.

한 송이 연꽃이 피는 이치

하염 있고 없는 그 속에 뜻이 있으니
한 송이 연화가 나오는 소식이다.

세간을 떠나지 않고 벗어났으니
세간과 출세간에 걸림 없도다.

세간에 있으나 물들지 않으니
출세간이 따로 존재하지 않는다.

세간과 출세간에 구별 없으니
현상을 떠난 이치가 따로 없고

이치와 현상에 걸림 없으니
이사무애 하므로 사사무애 하구나.

이 진공묘유적 원융무애한 도리여!
진정으로 세간을 떠난 도리이다.

선재동자의 구도정신 1

일찍이 선재는 복과 지혜 닦아
공덕은 하늘에 닿고 땅을 덮나니
처음 문수의 설법 듣고 보리심 냈고
보살행을 이루고자 끝없는 순례를 했다.
깊은 숲 속 고행자 덕운비구 만나
염불삼매 무애자재해탈법을 배웠고
법성의 바다에서 해운비구 만나
큰 바다와 같은 보살행을 배웠으며
허공 속을 경행하는 선주비구 만나
보살의 자비로 중생을 교화하고
평등하고 걸림없는 지계해탈문을 배웠다.
선재동자의 간절한 구도심이여!
걸림 없는 지혜는 보살 가운데 으뜸이고
끝없는 보살행은 무정까지 감동했도다.
거룩한 보살도는 모든 성자의 표상이며
모든 수행자가 걸어가야 할 길이로다.

선재동자의 구도정신 2

삼라만상과 일체묘법이여!
있는 그대로 참다운 모습이요
나타나는 그대로 진실하구나.

보살도를 찾아 구법 여행하는 동자여!
일초일목과 유정무정이 모두 스승 되니
모든 존재 그대로 선지식 아님 없도다.

위대한 가르침 거룩한 행이여!
선재동자의 순수한 구도심 속에
성인들의 보살도와 보현행이 있도다.

선재동자의 구도정신 3

지극하게 착하고 지혜로운 선재동자
보살도와 보살행을 실현하기 위해
아름다운 구법여행 길을 떠났다.

문수의 지혜로 길을 찾았고
관음의 자비로 청정회향 배웠으며
변우동자에게서 말 떠난 법을 보았고

미륵은 자세하게 보리심 가르쳤으며
보현의 위력으로 보살도를 증득했다.

몸을 바친 선재의 지극한 구도심으로
보살도와 보살행을 완성했도다.

화엄의 꽃이여! 보살의 꽃이여!
이로써 부처님의 참된 뜻 실현했도다.

第40 普賢行願品 頌
보살의 정신

하늘보다 높고 바다보다 깊으며
허공보다 크고 태양보다 밝도다.

우주보다 넓으니 그 끝을 알 수 없고
태양보다 밝으니 비교할 곳 없도다.

보살의 끝없는 원력과 행이여!
공덕은 우주를 넘어서고
위대함은 삼계를 초월했다.

거룩한 보현행 다함없는 원력이여!
안으로는 한 법도 두지 않지만
밖으로 열 가지 보살도가 있구나.

그대 보현의 뜻 알고자 하는가.
바람 없는데 풍랑이 일어나고
고요한 가운데 대천세계 진동한다.

화엄의 정신

법성이 비어 있어 크고작음 떠났으니
무엇이라 부른다면 거짓된 이름이고
참 성품은 미묘하여 선악이 아니지만
없다고 한다면 본래마음 저버린다.

오묘한 그 자리 일체를 넘었으니
모든 사물 그대로 절대성이 되었다.
여기 생사와 열반도 잠꼬대이고
부처와 중생도 이름일 뿐이다.

있고 없음 떠났으나 분명하고
주고받음 없지만 일체를 이룬다.
한 생각에 삼천을 뛰어 넘으니
삼라만상 우주법계 한마음이로다.

청정법신 그 자리에 화엄법계연기여!
이것이 대방광불화엄경이로다.

華嚴經 終頌
화엄의 종지

천지는 본래 근본이 같으니
만물은 한 뿌리가 되는구나.

둘 아닌 허공은 만물의 근원이며
무심에 둘 없으니 허공과 다름없다.

허공은 크지도 작지도 않으며
오는 것도 가는 것도 아니다.

본체는 평등하여 차별을 떠났지만
한마음의 묘용은 화엄의 꽃이 되고

이치와 사리가 오묘하여 걸림 없으니
일심 속에 무량한 보살도(道) 완성했도다.

천백억 화신 거룩한 보살행(行)이여!
이것이 화엄의 종지宗旨 아니겠는가.

「원인 스님의 선시집禪詩集」을 읽고

오늘은
을미년 우란분절
시라도 한편 쓰고 싶다
새벽바람 가을이니
높아진 하늘
높이 높이 뜨는 나의 하늘이여.

옛날
내 젊은 시절 한철 지낸
구화사九華寺 큰 법당
큰 법당 추녀 끝 풍경소리
나를 저 높은 산으로 이끌고 간다.
높은 산 깊은 골짝
수도하는 도량
가람이 그림이니
도선국사 그 스님 화가를 넘은 경지
수행이란, 본디
처처묘용의 지혜 일구는 일이지

산사의 새벽 안개
솔바람에 번쩍이는
원인圓印의 불빛
말없이 말을 하는 그 큰 말씀
금강경 32분 시가 되어 흐른다

하늘에서 흐른다
꽃비로 흐른다
나는 이 꽃비 맞으며
『금강경오가해金剛經五家解』를 끌어안고
허공 위에 자리를 편다

내 곁에는 천년 전 송나라 야부선사冶父禪師가
칼눈으로 금강경을 썰어서
시를 부비어 내고 있으니
이를 일러 '야부 송冶父頌'이라 한다.

또 한 옆에는
원인선사가
불눈으로 금강경을 태워서
오늘의 선시를 구워내고 있다.

야부의 칼날에는

찬바람이 일어나고
원인의 질화로엔
봄바람이 불어온다.
아, 모르겠다. 정말 알 수 없다.

지난날 야부가
오늘의 원인인지 모르겠다, 몰라.
모르겠다 모르겠다 정말 알 수 없는 일
아 참 아니다
야부가 칼날이기는 하나
그에게도 달빛이 강물 위에 노닐기도 하고,

원인이 화롯불이기는 하나
그에게도 구들장 가르는 시린 얼음 있으니
야부가 원인이고 원인이 야부 아닌가

즉설주왈卽說呪曰

야부의 〈동그라미 노래(○頌)〉에
한 선승이 도장을 찍었으니
그이가 바로 ○인圓印스님 아닌가
아 미처 몰랐어요
여시여시역여시如是如是亦如是

봉황루 선창禪窓가에
빠알간 고추잠자리
한 마리
조을고 있다.

문학박사 法山 김용태 짓다.

※산승의 선시에 각별한 정을 가졌던 전 신라대 총장이며
　문학박사인 법산 김용태 큰스님은 2018년 6월 고요히 열
　반에 드셨습니다.

금강 화엄 선시집禪詩集을 내면서

산승이 2010년 12월에 인터넷 카페를 개설하고 2011년 봄부터 100일 동안 매일 아침에 10송씩 게송을 썼는데 총 725송이 나왔습니다. 이 게송집을 그해 11월 『마음여행』이라는 시집 제목으로 출간했습니다. 그 이후 『자연 속에서』 등 시집 3권을 더 출간했는데 오는 2019년 9월 22일 화엄경 종강을 맞이하여 산승의 금강경게송시 화엄경게송시 약 90편을 모아 『금강 화엄의 빛』이라는 제목으로 출간하게 되었습니다.

나의 시는 대부분 자연을 주제로 산에서 느끼는 감성을 시적 언어로 표현하기 때문에 자연시라고 할 수 있는데, 여기에는 자연과 선禪과 감성이 어울려 평범한 언어 속에 선禪을 감추고 있으며 이것은 자연과 하나되어 맑고 아름다운 삶을 살아가자는 뜻이 있습니다.

사람은 누구나 자연을 가까이하면 정신이 맑아지고 쉽게 선禪에 다가설 수 있기 때문입니다.

가을바람이 불어오는 계절, 풀벌레 소리 들으며…

영주 대승사 대승산방에서 원인 합장

원인 스님

- 1969년 해인사 입산
- 1974년 해인사 승가대 졸업
  이후 선원과 토굴에서 정진
- 2004년 도림사 선원장
- 2010년 수도암 선원장
- 현재 영주 대승사 주석

- 법문집 :『마음고향 가는 길』등
- 강설집 :『삶의 지혜』(금강경강설)
- 선시집 :『마음여행』,『자연 속에서』등

- 다음카페 "큰마음"에서 원인 스님의 시와 법문을 볼 수
  있습니다.
  큰마음 주소 : http://cafe.daum.net/won-inn

금강 화엄의 빛

초판 1쇄 인쇄 2019년 9월 16일 | 초판 1쇄 발행 2019년 9월 22일
지은이 원인 스님 | 펴낸이 김시열
펴낸곳 도서출판 운주사

(02832) 서울시 성북구 동소문로 67-1 성심빌딩 3층

전화 (02) 926-8361 | 팩스 0505-115-8361

ISBN 978-89-5746-559-2 03810   값 10,000원

http://cafe.daum.net/unjubooks 〈다음카페: 도서출판 운주사〉